청어詩人選 297

실버타운의
그늘

이희숙 시집

시인의 말

실버타운이란 탈출 없는 노인 감옥이며, 출소 없는 무기
징역이다.
단, 형이 끝나면 서둘러 출소할 수 있는 자유가 있는 곳
지금, 그곳 수감자들의 이야기를 하려고 하는데—

시금치의 시(媤)자만 들어도 진저리나는 시댁이라는데
대학에 나가면서도 훗날 '어머님은 지네가 모시겠다'는
우리 며느리

'걱정 말아라, 실버타운에 들어가면 된다'고 큰소리쳤다.
일정한 금액만 지급하면, 식사 해결도 일주일에 한 번 청
소도 해주며
세상만사 다 해결되는 줄 알았다.
그런데, 집밥은 질리지 않는데, 왜 여기선 매일 메뉴가
바뀌어 나와도
자글자글 된장찌개, 생선찌개, 쇠고기 등으로 영양보충
을 해야만 할까.

2년마다 계약을 갱신하지만 늙어서 이사한다는 것도 쉬

운 일이 아니고
어떤 이는 나가려 해도 이곳 사정도 모르는 자식들이
'들어와야 할 나이인데 무슨 말씀이냐'며 주저앉힌다.

　상속세 무섭다고 집 팔아, 또 전세금 받아 자식에게 주지
말고
　죽을 때까지 모기지론(mortgage loan)으로 내 집에서 살
다, 살다가
　그 먼 나라로 편하게 가자.

　그게 실버타운 입주자의 소원이다.

                                                실버타운에서
                                                이희숙

실버타운의 그늘

1부

치매 1
-눈물겨운 매일의 운동

한 가닥 살아야겠다는 의지로
　　　5분만
　　　3분만
　　　실랑이다
한두 시간 지나서야 겨우 나간다

매번 나가면
참, 잘 나왔다
다양한 레퍼토리로 노래도 부르며
걷다 앉았다 하며 뜨겁게 길을 걷는다
생(生)의 의지가 눈물겹다

건강검진만 잘 받으면 되는 줄 알았던
짠돌이인데도
거금을 서슴없이 낸다

다른 장기는 잘라낼 수도 끼워 넣을 수도 있다지만
시들어가는 뇌는 재생이 안 된다고

인생도 단 한 번뿐
재생이 안 되는 한 사람의 최후가
참으로 안쓰럽고 답답하다

치매 2

불낼까 무서워 가스 차단해둔
경치매 할머니 댁

어느 날 달력에 커다랗게 써져 있다
"나 죽으면 그만이다"

치매환자의 당찬 유서다

치매 3

치매가 오면
살아온 습관과 행동이 거기서 멈춘다

화투를 좋아한 사람은 종일 화투 얘기
투고, 쓰리고, 4광, 피박, 광 판다

깔끔했던 할머니는 걸레를 손에서 놓지 않고
마루며 방을 말끔히 청소하는 예쁜 치매

나이 사십이면 제 얼굴을 책임져야 한다지만
이제는 팔구십에 자신의 얼굴을 책임져야 하니
참으로 잘 살아야겠다

오래 산 게 벌(罰)이고
다―
백세 시대의 슬픈 노래다

치매 4

간병인이 치매 친정엄마를 모셨다
목욕을 시키면 머리를 감고도 또 감고

비누로 씻어도 또 씻고
금방 한 것도 잊어버리고 믿지 못한다

하도 머리 감고 씻어, 머리 밑이 가렵고 몸도 가렵단다
집주인에게 수도세로 한 달에 10만 원씩 내며

지하방에서 엄마 모시며 사는 효녀 딸 간병인도 있고
재산 법정다툼 벌이는 집안의 자식들도 있고

세상은 모두 다 자기 할 나름이라

치매 5

불낼까 두려워 취사를 금지한 치매 할머니
데이케어에서 주는 밥으론 부족하고
아직 적당한 운동도 할 수 있다

간혹 둘째 아들이 간식으로 사다주면
참았던 식욕으로 그 밤에 다 먹는다
치매는 먹은 것도 모르고 자꾸 달라한다는데

배고픔, 배부름은 안다
허전해서 껌이라도 씹어야 한다

병원시설, 간병인에게 맡겨놓고
자식들은 부모에게조차 너무 약삭빠르다
받은 사랑 다 달라 하니?
백만분의 1이라도 돌려다오

치매 6
– 박원순 서울시장이 자살한 날

마음에 들지 않는 '간병인은 내보내라'
이런 사람을 치매라 할 수 있나
한정치산자라 누가 이름 붙였나

상냥한 간병인에겐
우리가 '아직 처음이라 서먹한데
차츰 정이 들면 편해질 거'라 한다

걷기가 불편하고 눈이 잘 보이지 않아
간병인이 손잡고 걸어주면
잡은 손을 그녀 허벅지에 갖다 대면서

'내 아이 낳아 줄 수 있냐'고 한다니
살아있다는 증거다 이거야 말로 명약(名藥)이다
그는 오히려 더딘 치매로 천수 할 것이다

치매환자도 이러할 진데
중년의 수도 서울시장도 한편 이해는 되나
사리분별도 안 되는 자가 어찌 수장을 했노?
자릿값 하기가 그리도 어렵더나

성추행이 시정(市政)이더냐

치매 7

옷을 잘 입는 얌전한 멋쟁이 아주머니
혹은 자매님이라 부른다
누구는 그녀를 거만하다 하고

어느 날 화분에 뜨거운 물을 주었다
모두 '그럴리가' 신선한 반응이다
참으로 알 수 없는 손님이 왔다

오늘도 화장을 곱게 한 차림이다
모든 걸 간병인 손에 맡긴 모습에
그를 소심한 성격이라 대변(代辨)해준다

어느 날 보이지 않는다
딸이 와서 통장은 다 챙겨가고
요양병동으로 옮겼단다

자식들의 절약이라는 묘수다
그 묘수에 어미 치매는
너무 빨리 진행될 것이다

치매 8

병원입원에서부터 간병인과 같이
실버타워에 입주한 할머니

혼자서 시장에서 포목점을 하면서
외동딸을 의사로 만들었다는 할머니

계산은 간병인보다 더 빠르다
그런데도 이전보다 많이 느려졌다고

보호자는 주말이면 달려와 간병인과 교대를 하고
나들이, 여행갈 때 간병인 경비도 부담한다

삼백여 명이 사는 실버타워에
효도를 다하는 보호자는 이 자식뿐인 것 같다

자식 여럿이면 뭐해, 서로 미루는데
차라리 혼자니까 의무를 제대로 다 하네

치매 9

구순이 지난 전직 은행지점장님
간혹 내려와 탁구를 친다

아직도 그 승부욕은 대단하다
페어플레이가 아닌 이기기 위한 탁구를 친다
코치 선생님도 쩔쩔 매게 하는 탁구게임

우리는 그와 게임을 피한다
심부름시킨 대가로 음료수 살 때는
사람 수에 꼭 맞게 사오란다

회원들 불러서 어릴 적 한복 입은 돌 사진을 보여주며
간병인 비용은 남들이 만 원 줄 때 꼭, 팔천 원만 준다
그녀가 가고, 넘어졌다며 기브스까지 했다

저녁식사 이후는 아픈 몸으로 혼자 지낸다
간병인이 아침에 출근해 보니 언제 운명했는지
피를 흘리며 쓰러져 있었다

부모를 실버타워에 모셔놓으면 보호자는
밤에도 간호사가 돌봐주는 걸로 안다
한 푼 절약하려다 허무하게 당한 비극의 현장

치매 10

6·25 참전담도 곧잘 이야기 해주며
마나님 생각에 울기도 하는 백 할아버지

어느 날 말이 갑자기 어눌해졌다
할아버지는 그래도 입주 간병인이 있다

할아버지 주무신다며 간병인은 아침부터
온탕 냉탕 아주 한가하다

할아버지 옆에 앉혀놓고
영화 감상, 스트레칭으로 먼저 들뜬다

할아버지 강남에 빌딩이 있어서
그 수입으로 모든 비용을 지출한다는데

영화 상영 중에 걸려오는 통화음에
아버지 별 일 없느냐 간병인에게 묻는다

전화로 방문을 대신 하는
요즘 신 고려장(新 高麗葬) 세상이다

치매 11

감사원장을 지낸 할아버지
데이케어에 다닌다

아는 사람 보면
인사도 잘 받아준다

데이케어 직원들 하는 말
다, 거기서 거기란다

입으론 아버님 어머님 하지만
모두 잇속은 같다

얼마 후 그 분은 그곳을 가지 못한다
실낱같이 남아 있는 자존감 지켜줄 순 없는지?

치매 12

미국에서 30년을 치과의사로 살다
자녀들을 다 미국에 두고
마지막 여생을 조국에서 살고 싶어 온 부부
어느 날 비껴갈 수 없는 치매가 찾아왔다

조국에 묻히려 찾아온 노부부
남편을 더 이상 케어할 수 없어
엄마라도 살려야 된다며 내린 결정이라는데
아직 남아 있는 기억으로 남편이 가겠다고 한단다

시설에 보내야 하는 이 운명 앞에
지난밤 둘이서 엉엉 울었다는데
자식들의 목소리는 전화로만 들을 수 있는
죽음을 앞두고 또다시 이방인이 되는 비극의 현실

치매 13

치매도 본인이 유리한 것은
절대 잊지 않는다

직업이 간병인도 너무 힘든데
보호자는 오죽할까

간병인도 거칠게 말할 때가 있다
식구들이 허술하게 대하니 그렇단다

금방 한 것도 잊어버리면서
서운한 것은 절대 잊지 않는다

그래서 경북 어느 마을에선
아들이 직장까지 그만 두고 어머니를 잘 모셨더니
옛날 기억으로 회복되었다는 뉴스를 들었다
허니, 오죽하면 국가가 나서서 지원해줄까

치매환자는
사위가 대통령이 된 것도 모른단다

치매 14

요즘 세상은 딸이 좋다지만
그것도 부모가 건강할 때 이야기다

재산은 똑같이 나눠 갖지만
책임은 다른가보다

어느 교수님댁 어머니가 나중에는
아들은 몰라봐도 며느리는 알아본다

여행 가서도 시설에 계신 어머니 소식이 오면
돌아가야 된다며 모두가 조마조마한 여정을

몇 년이 지나 아들도 병이 나서
'어머니가 먼저 가야지' 모두가 걱정했는데

4년이 지난 후 어머니 사망 소식에
아들 앞세우지 않아서 모두 안도했다

호상(好喪)이라며

치매 15

젊음을 불살라 부자가 되어
목숨보다 돈을 더 사랑한다는 치매환자

미리미리 검사 잘 받고 의사 지시 잘 따르면
건강도 해결된다고 생각한 것일까

구두쇠도 담당의사 선생님께는
때 되면 인사도 빠지지 않는데

잠 안 온다 하면 즉시 수면제 처방이요
어느 과를 가든지 예약도 척척

동창회, 친목회 밥 몇 끼 사면 모두가 대환영이니
돈이면 다되는 줄 알았다는데

치매는 돈의 위력을 알아보지 못하는가 보다

2부

치매 16

마음에 들지 않는 간병인은 내보내라니
나이 들면 간병인이라는 일자리도 어렵다

파출부는 사라지고 정부에서 지원해 주는
신종 일자리에 4대 보험도 되며 시급도 높다

치매환자들은 돈 나가는 걸 싫어한다
국가에서 지원해 준다하면 가만히 있다
그런데, 본인이 마음에 드는 간병인은
웬만한 것은 눈감아 주란다

사리분별과 돈 계산은 정확하다
알다가도 모르는 병이 치매다

치매 17

기업 은행장의 부인이다
예고도 없이 알츠하이머가 찾아왔다

장롱 속에 코트며 예쁜 옷들이 가득하다
육십 갓 넘어 이렇게 빨리 올 줄은 몰랐나봐

큰아들, 작은아들 교육자, 법관이며
딸은 미국에 산다

일요일은 아들이 교대로 와서 식사를 같이하고
택시로 집에 보내면 간병인이 맞이한다

아침에 간병인이 와서 데이케어 학교 보내고 갔다가
오후에 하교(下校)한 학생 맞아 저녁밥 챙겨주고 돌아간다

차라리 시설에 모시면 안 될까
남의 눈이 그리도 무서운가

어떤 게 참 효도인지 알 수 없구나

치매 18

강남에 건물까지 사주어
월세가 들어오는 두 딸

도장이 필요할 때만 나타나지만
언제나 빈손이란다

간병인이 간식으로 갖다놓은 것 까지
손자들이 먹고 갔다며 투덜거린다

자식들이 온다 하면 먹을 것 준비며
손자들 용돈 준비하는 부모다

승진, 자격시험, 손자들 입학 축하금까지
부모는 주어도 주고도 더 주고 싶은데

어릴 때부터 받아만 보았기에
성인이 돼도 부모는 줘야만 되는 줄

매번 주기만 하는 지독한 사랑이 자업자득 아닌가

치매 19

아르헨티나에 살다 내 땅에 묻혀야겠다며
찾아온 성당 자매다
아들부부가 보석상을 하며, 아시아에 거래선이 많아
손자 손녀도 방학이면 할머니를 찾아와 함께 한다

아르헨티나 형님이라 부르기도, 이국 여인 같은 모습에
에비타, 마리아 몬로 형님이라 부른다
실바타워 분양을 받아 신앙생활 잘하며 살다
이게 웬 말인가

강남, 강북 할 것 없이 10억이 넘었다 야단인데
분양가 보다 싸게 실버타워에 넘기곤
정신 있을 때 자식 곁으로 가야겠다며 떠나가는

차만 역주행하는 줄 알았는데…

치매 20

노래자랑에 빠지지 않는
흥이 많은 할머니
팔순이 넘었는데도
옷차림이 화려하다

관리비를 의사인 아들과 딸이 보내주고
기초연금 30만 원이 용돈 전부란다
항상 '나는 돈은 없다'고 한다
실바타워에는 본인 재력이 상당한 사람이 많은데

할머니는 가끔 찾아오는
자식들에게, "나도 이제 가야 되는데" 하니
"생목숨을 어떻게 할 수 있나요
사는 대로 사세요"
기가 막힌 대답이다

전세금 2억 7천이라는데
나 죽으면
'그 전세금 나눠가지라 하세요'
눈치 보지 말고 당당하게 사세요

치매 21

간병인과 산책도 하고 운동도 하고
집에 와서는 '저 여자를 집으로 데려온 게
집 사람에게 미안하다' 한단다

여자 친구를 사귀고 있는 것으로 착각한다
저렇게라도 하여 치매가 더디 진행된다면
마나님은 걱정 어린 질투를 한단다

남편을 사랑한 질투라면 좋으련만
그 환자는 상속할 건물이 있다는데
한정치산자의 말이 무슨 효력이 있다고

치매 22

논밭 살 때 딸들이 고생했다며
먼저 재산을 나누어 주었다는 할아버지

시골 밭은 작은 아들 몫으로
큰아들은 시골집으로 정했다

아버지가 정신 있을 때
어디를 둘러보아도 자식농사가 최고라며

본인이 살고 있는 집은 손자 셋
공부하는 데 쓰라고 하였다

역시 할아버지가
교육자라 다르다 하였더니

할아버지한테 치매 친구가 찾아왔다
살던 집 팔아서 경비로 쓰고 남은 돈이 원수다

딸들은 이미 상속받은 지가 10년이 지났다며
또, 유류분만큼씩 나눠가져 간다

요즘 계산법에 꼼짝없이 당하는 부모들
'그냥 그대로 두어요
죽고 난 뒤 찢어갖든 말든
그게 더 공평하다'나요

똑같이 분배해 가고 나면
조상제사는 누가 모실 건데…

치매 23

30년 합창을 했다는 권사님
실버합창부에 입단했다

다행히 눈이 밝아서 악보도 잘보고
노래도 곧잘 부른다

잊어버린다 해서 전화로 미리 알려줬는데
한두 번 오다 자꾸 빠진다

지휘자 반주자 사례비로 일정액을 거두는데
매번 돈 내었다고 우긴다

그러더니 그만 두었다
하루에도 몇 번이고 혼자서 계단을 오르내린다

집을 못 찾아 간병인과 같이 오는 사람이 많은데
그나마 30년 성가 봉사는 하느님의 선물인가

치매 24

언제나 가발을 쓰고 있는 멋쟁이 할머니
생활비는 미국에 있는 딸에게 받는다

매달 이백만 원씩 딸이 송금해 오며
사위가 스위스 사람이란다

많은 보증금 올려줘야 하는데
사위가 이젠 노(no)라 한다고

젊을 때 신던 하이힐을 모두 가지고 있어서
83세인 그녀에게
'저 구두 신고 갈 데 있느냐' 물어본다

1호선 종점에 아파트 사 수리해 가겠다는 엄마 고집을
딸은 꺾을 수 없단다

'형님 가발 벗고 현실을 직시해 봐요
자식들 외국에 다 있는데 집 사서 뭐 하게'

알아는 듣나 모르겠네

치매 25

자그마한 키에 얌전한 분이 쓰러졌다
입주할 때부터 친목을 유지해오던 분들이
119 불러서 살려 놓았단다

그 이후 잘 지내는가 싶더니
갑자기 치매가 찾아왔다

자식이 없는 분이라
패물이랑 통장은 조카가 다 챙겨갔다

친구들 왈…
차라리 그때 119 부르지 말 걸 그런다
그때 가시는 게 좋았을 것이란다

한치 앞도 모르는 요양시설에 사는 노인들의 삶

치매 26

서로 성년 후견인이 되겠다고 난리다
부모 재산이 없어도 저럴까

딸들에게 남은 재산은 남동생 몫이라 했건만
먼저 받은 재산은 유효기간 지났다며
남은 재산에 숟가락 얹는 유류분을 주장한다

정신 있을 때 부모가 동생과 나누라니
모두 팔아서 똑같이 나누겠다며 상황을 넘겼으나
그 후 곧 부모에게 치매가 찾아왔다

동생 몫의 남은 재산으로 지출하면
자기 몫은 털끝만큼도 안 건드리고
효도할 수 있다는 재빠른 딸들의 계산법

동생 사춘기 한때 잘못을 꼬집어
남동생을 못 믿겠다는 것인데
명분은 가지가지
사후 집안싸움만 남았다

치매 27

미스코리아 입선했던 할머니
치매가 와도 예쁘다
얼굴만큼 예쁜 치매다

간병인더러 어떤 연유로
나에게 왔느냐며
그녀 가정에도 기도해 준다

미국에서 보석상으로 성공한 두 아들이
장로 되는 것이 소원이라며
기도 하는 예쁜 경치매 할머니

간병인 가정에도 축복 있으라 기도 한다

치매 28

밤이 되면 선망증세로 잠들지 못하고
장롱 속 옷가지 넣었다, 뺏다
물건도 이리저리 옮긴다

소중한 물건은 자꾸 감춰놓는다
이상하게도 환자가 꼭꼭 숨겨둔 건
아무도 찾지 못한다

자녀들은 간병인더러
혹시 엄마 반지 못 보았어요
참으로 난감하단다

거처할 수 있는 만큼의 장소가 좋으며
살던 집은 익숙해서 밤새 살림을 한단다
그래서 요양원으로 보내지나 봐

치매 29

늙으면 어디로 가야 하나
세상 어디에도 노인을 위하는 곳은 없다
그래도 돈 좀 가진 자들이 간다는 실버타워도

하물며 대문 작동 일시오류 호출에도
한 번 오면 오천 원을 부과한다

어느 노인은 거기도 적응 못하고 쫓겨났다
자식들에게 핀잔 들을까봐
직원들에게도 아양을 떨어야 하는 우리 노인들

늙기도 서러운데 짐마저 지우느냐
선조들이 읊조린 시조가
이 나이 들고 보니 이제야 귀에 들어온다

치매 30

부인을 자전거 타는데 앉혀놓고
옆 사람에게 부탁하고 남편은 볼일을 본다

남편이 돌아올 때까지 할머니는 기다린다
젊었을 때 남편이 돈에 인색했었나

비싼 시계와 다이아 반지도 큰 것인데
할머니는 남편 이야기만 나오면 정상으로 돌아온다

부인에게 사장님은 뭘 하셨어요?
육군에 있다 나와서 사업을 했단다

아직도 예쁜 얼굴인데, 치매는 심술쟁이가 되어
서운했던 감정은 잊히지 않나보다

부인 기저귀를 공단에서 타 오는 남편에게
'사모님 젊었을 때 굉장한 미인이셨죠?'

한 사람이라도 정상이니 얼마나 다행인가

3부

치매 31

제일 평수가 작은 집에 사는 할머니
둘째 아들은 의사란다
첫째는 이혼 하여 제사도 못 모신다

그러니 둘째 아들과 딸 신세를 지고 산다
아들 가족이 휴가 갈 때 모처럼 따라갔는데
아들이 밥 하고 며느리는 다리 꼬고 TV만 보고 있더란다

둘째 아들에게 신세를 지고 살아가니
이 꼴 저 꼴 다 감내 해야 되는 신세라며
둘째 며느리는 당당하단다

사랑은 내리사랑이라지?
너도
어서 며느리 맞이해보라고

치매 32

깔끔이라 소문난 분이라 치매가 왔어도
한발만 나가도 옷매무새 고치고
머리 빗고도 또 빗어 달라
위아래 이 색깔은 맞지 않는다는 깔끔쟁이

어느 날부턴가 목욕회수가 줄어들더니
이 구실 저 구실 다 끌어다 댄다

그렇게 씻기 싫어하다가도
자식들이 온다 하면 목욕재개하고 기다린다

이런 부모를 치매환자라 할 수 있을까

치매 33

지팡이도 짚지 않고 매일 산을 오르는 할머니

위험하니 비탈길 둘러서 다니라 하면
자신 있다는 듯 뒷짐 지고 오른다

백발이나 피부에 잡티 하나 없다
본인이 몇 살로 보이느냐 묻는다

아무리 젊게 보여도 속일 수 없는 게 나이다
팔순 중반으로 보인다 하였더니, 91세란다

영감님이 치매라 간병인이 오면 산에 오른다고
산에 오면 두통이 덜 하단다

영감님이 구두쇠라 호되게 살아온 할머니
저럴 거면, 남들처럼 놀러나 다닐 껄 후회다

요즘 젊은이들은 신명나게 사니
늙어도 치매 같은 건 안 올 거요
가난해서 돈에 집착한 우리들이나 걸리지
'악착같이 돈 모으더니 무슨 소용이 있소'

후회가 늦었다

치매 34

어느 땅 부자

부인이 암인데 의료보험 범위까지만 치료 받는다
주일 내내 맞벌이 하는 아들 손자까지 돌보다
암 걸려 고향에 와서 5년을 살다 가셨다는 분

부잣집 장남 흥청망청하니 차남에게 땅을 다 주었단다
우리아버님은 한 달에 용돈 2십만 원도 안 쓴다 한다
여동생이 오빠 곁에서 집 지어 돌봐주겠다며 땅을 팔라 했다
7천만 원치 땅을 계약하고
분할하여 주겠다하니 계약은 파기되었다

조카 왈… 외삼촌한테 위약금 받아오라 하여
7백만 원 물어주고 자식한테도 말 못하고
끙끙 앓다 뇌진탕으로 쓰러졌는데
통장 다섯 개에는 1억5천여만 원이 들어있었다고

여동생도 안 오는, 빈집에서 쓰러져 골든타임 놓치고
1년 재활치료 후 간병인 집에 살다 요양병원에 보내졌다
자식은 못 모셔도 간병인은 모신다 피 같은 돈
본인의 간병비로 썼다

"네가 달려간 만큼 땅을 주겠노라
다만 해가 지기 전에 돌아와야 한다"
뇌진탕에서 끝내 돌아오지 못한 어느 땅 부자

치매 35

중년여성의류 사장의 간병인이다
아침 일찍 환자를 탁구장에 앉혀놓고
취미 생활에 열중이다

과자 몇 개 쥐어, 유튜브 노래 틀어놓고
환자에게 무릎 담요 덮어주고는
본인은 탁구를 신나게 한 시간씩 친다

다른 간병인들은 탁구장에 얼씬도 않는데
이 시설 대표와 동생이 대학 동기라나
교육 감독 간호과장도 이이는 예외로 친다

아무 일 없이 앉아있는 사람은 춥다
냄새가 진동하여 가보았더니 용변을 보았다
다음날도 탁구에 중독된 그녀는 여전하다

운동은 돈 드는 운동처방사에게 맡기고
보행연습도 안 시키지? 그에게 또래 입주민이 지적을 하니
그래도 보호자는 자기한테만 맡긴다며 큰소리다

부모를 남한테 맡겨놓고 가끔 들르는 보호자님들
제발, 자주 와 보세요, 맡겨놓은 부모님의
남모르는 서러움을 아시나요

치매 36

젊을 때 공부를 잘하고 사업도 잘 꾸렸던
소위 똑똑했던 이런 치매환자는
간병인도 굉장히 어렵단다

알고 싶은 것도 하도 많아 뉴스 듣고는
대통령이 누구냐? 시장이 누구냐?
여당이 누구냐? 야당이 누구냐?

금방 알려줘도 묻고 또 묻는
시간관념이 투철했기에 2, 3분 간격으로
지금 몇 시나 되었느냐?

묻고 또 묻는
지루한 질문과 대답이 하루 종일
궁금증이 폭발하는 당신

너희들만 아니? 나도 안다며…

치매 37

언제나 가방을 옆으로 메고 다니며
동네 재활용은 다 들고 집으로 온다
근처 마을 사람들은 그분을 노숙자인 줄 안다

실버타워에 산다 하면, 쓰레기 줍고 다니는
그 할아버지요! 동네 주민은 믿지 못하겠다는데
더구나 육군 중령으로 예편한 분이다

군 동기가 참 샤프하고 일처리 잘했다며
그이도, 치매인 부인을 자전거 타기에 앉혀두고
본인도 러닝머신을 탄다

백세 시대 우리의 자화상이
곧, 비극이다

치매 38

두 분이 나란히 차에 오른다
얼른 자리를 내드리며
'어디 다녀오셔요?'

저기 건물에 갔다 온다 하며
한 달에 한 번씩은 둘러본다고

그 후 엘리베이터에서
큰소리로 말하니 부인이 얼른 자제 손짓이다

원래 음성이 커서 그러나 했는데, 치매가 왔단다
그 손님은 인기척도 없이 찾아오나보다

치매 39

20년을 아래윗집 형, 아우 하던 부동산말만 믿고 계약했다
앞 계약보다 일주일 늦게 계약했는데
1억이나 낮은 가격으로 계약해서 속상하다 하니
치매환자가 전적으로 본인의 잘못이란다

기어코 밤중에 계좌번호 불러 달라
보채 계약금 보내며 한 건 더 하려고 합동으로
작전을 하다니

옆 부동산에 왜 고자질 했느냐?
당신과 아래윗집 살아서 당신한테만 내놓았지
나에게는 내 놓지도 않았다고 했단다

세무사까지 대동하고 와서, 더 받아봐야
투기과열지구로 묶여서 세금내면 별 차이가 없다고
그래서 융자도 없는데 급매로 밤중계약 성사시켰소

월세 놓을 때 두 번이나 놓쳐서 이번만큼은 놓치기 싫었단다
부동산 거래도 정신 맑을 때 해야 바보 면한다
70 넘은 우리 모두 치매는 아닌지요

치매 40

외국에서 의사로 오래 살아오다
부모를 동생이 모셨다며 귀국해서
실버타워 제일 큰 평수에서 부모와 같이 산다

할아버지가 며느리한테 간혹 나무란다는 댁이다
할머니는 지금도 웃을 때 손을 가리고 웃는
먼 옛날 한국의 어머니 상이다

아버님은 무섭지만, 어머니는 말할 수 없이 좋은 분이란다
저 많은 보증금에, 간병인들이 제일 부러워하는 대상이다
한편, 젊으니 실버타워에 들어와 사는 것도 부담스럽겠지

어느 날 할아버지가 돌아가셨다
착한 시어머니만 모시게 되었다며
모두가 저 집 며느리는 복도 많단다

늙을수록 여자는 남편이 있어야 된다는데
넓은 평수에 관리비가 부담이었나
몇 달 후 아들과 여기를 나갔다

어릴 땐 아버지, 남편, 늙어서는
자식을 따라야 하는 우리들
그래서 여자의 일생 노래를 불렀었나

치매 41

정신질환을 앓고 있는 딸과
80대 노모가 같이 산다

어릴 때 부모의 잦은 다툼으로 상처를 받았다는
디자인을 전공한 재원이다

결혼생활을 이어갈 수 없어
20년이나 기다려준 사위에게 미안해서 이혼을 시켰다

큰딸에게 부담주지 않으려
엄마는 이 딸과 모든 것을 감내하고 같이 산다

큰딸은 엄마도 지쳐 죽는다며, 동생을 시설에 보내란다
내 살아있는 동안은 못 보낸다며 버티고 있고

'언니가 한 게 뭐있냐'며 따진다는 작은딸
밤에 기저귀 차는데도 사리 판단이 분명하다니

나 죽고 난 후에 일이 더 걱정이란다

치매 42

누나에게 재산을 함부로 하지 말라는 경고로
주민등록증과 인감도장은 아들이 가져갔다

나는 놈 위에 뛰는 놈 있다더니, 딸들은
부모를 모셔가서 인감을 몇 차례 바꿨고

아들이 부모 아니면 발부 금지를 요청해 놓았는데
기차 지난 뒤 차단기 내리는 격이다

중개상에서 절차상 이것저것 확인해오니
아들이 판다면 동의 한다고 한다

상황 판단이 이렇게 분명한 부모를 제쳐두고
자식들이 부모가 치매라며 재산을 마음대로 휘두르니

강도가 따로 없다

치매 43

젊을 때 남편이 바람피운 기억을 안고 사는 할머니다
아들은 어머니를 간병인에게 맡기고 출근하니
혼자 감내하다, 야근 할 때는
강아지에게 어머니를 맡기고 간다

아들이 새 가정을 꾸리려
여자를 데리고 왔다, 처음엔 좋아하더니
밤이 되면 며느리가 남편의 색시로 보인다며
지팡이로 방바닥을 쳐서 쫓아낸다

치매가 와도 씨앗은 못 보겠단다
요양원에도 못 살겠다 돌아온 어머니
아들마저 홀아비로 만들며 가정을 파탄 내버렸다

치매 44

은행지점장이던 남편이 먼저 가시고 홀로 사는 분이다

치매만 안 와도 자식들에게 큰 도움이 된다며
다리를 끌고 절며 점심식사만 끝나면
어김없이 수영장 물속을 걸으며
짐이 되지 않으려 피나는 노력을 한다

사는 방을 가보니 두 분 사진에 깜짝 놀란다
저렇게 미인이었던 그 모습은 어디로 가고
귀까지 들리지 않고 다리까지 끌고 다닌다
넓은 평수를 분양 받았으나 이제는
혼자서 쓸쓸히 여생을 보낸다

부동산업자 출입을 통제하니 팔지도 못한다
들어갈 때 나올 때의 다른 분양 방식이다
하는 수 없이 모기지(mortgage loan)로 살아간다
로얄 프리티지는 돈 많은 사람만 들어갈 수 있다는데
거기도 부자들만의 노인 감옥이 돼간다

치매 45

바지 '갈아입으라' 하면 간병인에게
'내 물건 보여줄까'

'그런 말씀하면 안 되죠'
'농담도 못 하나' 둘러댄단다

마음에 들지 않은 간병인은 내보내라
치매라고 모두들 아무것도 모른다 생각하지 말라

순간, 깜빡하는 것이지
모든 걸 잊은 건 아니란다

4부

치매 46

치매환자 맞아요!!!

팔순 된 분이 간병인을 세 시간만 쓰니
좀 더 쓰면 좋겠다 한다
치매환자가 집사람과 같이 다닌다 해서
연로해서 그렇지 하고 그냥 들어 넘겼단다

그분과 헤어지고 간병인에게
'집사람이라 해서 많이 놀랬지요' 한단다
매일 운동 나가도 남 앞에서 실수를 하지 않지만
저렇게 치밀하게 생각해서 말하는 것에
'이분 정말 환자인가'

치매 47

새로 입주한 96세 장로님이다
가곡교실에 교회합창단원도 데려와 발표한다

휠체어 타고서도 매주 진행하는
가곡 교실에도 빠지지 않는다

번번이 새로운 곡으로 선보이는 노래에
모두가 노익장 과시라 한다

흐릿한 발음으로 알아듣기도 어렵다
모두가 100세로 가는 길목이라 상관하지 않는다

또래 분들은 이미 치매로 인지기능이 떨어졌지만
치매만 아니면 휠체어 앉아서도 생을 즐긴다

치매 48

96세 장로님이 늦게 입주했는데
가곡 교실을 꽉 잡고 있다

95세 스콜라스티카 할머니 가만있을 수 없어
'나는 신의주인데 댁은 어디야요?'

등 너머 마을 어디란다
그때부터 치열한 선두 다툼은 걸작이다

할머니의 얌전한 유치원 동기생은
언제나 관망 자세다

그러고 보니 이북 출신들은 하나 같이
건강한 육체와 정신력을 가졌다

혈혈단신으로 내려와 세파와 싸워 이긴 투쟁력
그 에너지가 뇌에도 많은 도움이 되었나보다

치매환자들 속에서도 영특한 저 분들
부디, 여기 사는 동안 행복하이소

치매 49

매일 운동을 시키려면 한두 시간 실랑이다
'오늘은 좋은 일 있을 것 같다'고 간병인이 띄우니
말만 들어도 기분 좋단다

참으로 그 말은 하루를 기대하게 하고
커피 먹는 것도 행복이며, 한 잔 마시고 나가는
여유는 더없는 행복이란다

간병인에게 '유혹하지 말아요' 한다
누가 이 사람을 치매라 하나
이 맑은 정신을 사진으로 담을 수 있으면 좋겠다

치매 50

슬픈 수술이다
코 안이 혹으로 가득한데
모두가 그대로 두었으면 한다

치매환자의 수술이
무슨 의미가 있겠냐는 반응이다
호흡만 할 수 있으면 그것만도 다행이지

돌아가신 뒤 후회하지 말라는 고모의 권고로 딸들 병문안
이다
코로나로 한 명만 병실 출입이 허용 되니
큰딸은 항암 해야 된다며 가까이 하지 못한다

남들처럼 잠깐 들여다보고 가려고 왔을까
24시간 간병인 쓰라며 몇 푼 경비 아끼는 것은 의미가 없다며
돈이 모자라면 성년후견인 재산 팔아서 쓸 거란다

본인들 돈은 십 원도 아까워
요구르트 하나 사오지 않는 병문안
부모가 너희에게 어떻게 해줬는데…

치매 51

50 넘긴 미혼 딸과 산다는 83세 이분은
틈나는 대로 복도를 걷고 또 걷는다

식구 누구와도 어울리지 못하는 조카가 안타까워
이모가 한 마디 했더니, 문 잠그고 나오지 않는다

장애 딸을 둔 부모도 눈을 감을 수 없다
그 의무감으로 치매도 도망가는지

어떤 땐 차라리 아무것도 모르는 게 나을 것 같아서
이도 저도 못하는 늙은 우리들

인생이란 항상 봄날보다
진창을 헤매는 시간의 연속이 아닐까

치매 52

60세 넘은 간병인의 아들은 검사(檢事)며 맞벌이 부부란다
자식에게 신세지지 않겠다며 소리 없이 나선 간병인

외국처럼 젊은 노인이 좀 더 늙은 노인을 위한 봉사라면
훈훈한 미담(美談)으로 좋으련만 생계수단이라니 씁쓸하다

뼛골까지 다 내어준 부모는 골다공증이란다
숭숭 구멍 뚫린 다리로 환자 간병을 한다

지나고 보니 그들의 살 길과 나의 살 길이
다르다는 걸 이제야 알았다네

백세 시대 우리의 슬픈 자화상이다

치매 53

젊었을 때 여성의류 대표였던 그녀가
갑자기 혼자 걸을 수 없게 되었다
워커를 의지하고 가곡교실에 나와
간병인이 한 줄 먼저 읽어주면 따라 부른다

한 달에 한 번 찾아오는 순번을 기다리며
오늘도 예쁘게 치장을 하고 나와
종종 간식을 제공하며 노래를 한다

환자는 건물 내 교회에 가고 싶어도
간병인이 헌금 낼 돈 없다며 무종교로 만든다
치매는 아주 편리하게 주종관계를 바꿔 놓기도 하는데

오늘도 찾아온 보호자는
자기 엄마가 마냥 행복한 줄만 알고
룰루랄라- 되돌아간다

치매 54

하얀 피부의 소녀 같던 여성의류 사장님
어느 날 보이지 않는다

간병인과 같이
어디로 옮겨갔나보다

배시시 웃던 그 예쁜 모습
다시 볼 수 없다

초기 치매와 함께
어디로 갔는지 아무도 모른다

아마 하얀 나라로 갔는지도…

치매 55

백 할아버지와 간병인이
영화관에 보이지 않는다

간병인 따라서 알지도 못하는
영화 보러 빠지지 않고 왔는데

영화 끝날 때까지 잠자다 끝나면
간병인 손에 이끌려 간다

그런 할아버지가 응급실에 실려 갔단다

월 3백만 원 보수가 끊어질까봐 걱정인 그녀가
'참말로, 이 세상 떠나기 싫은가 보다' 한다

며칠 후 퇴원했다며 한숨 돌리는데
결과는 참, 아이러니하다

자식과 간병인의 같으면서 다른 차이점

치매 56

백세 시대 치매가 낳은 썩은 새끼줄
외로워서 친구하자 만났는데 그새 치매 온
환자를 두고 갈 수 없단다

재산은 자식들의 몫이며 환자는 아무런 것도
본인 의지대로 할 수 없는데
치매가 오면 욕심은 한층 더 강해진다나

피나는 재산 형성을 자녀들은 보아왔고
이제 돈의 위력과 호사를 맛본 그들
법적으로 안 주어도 되는 건 한 푼도 아깝다

두 분의 인연이라며 방관한다는
썩은 새끼줄에 매인 노년의 슬픈 만남
젊은이들은 잘도 헤어지지만 늙은 우린 떠날 수 없다고

쓸쓸해도 그냥 그대로 혼자 살아요
늙어서 혼자되면 5복(福)이라 하지 않소
외로움은 독약과도 같다지만 후일에
목불인견(目不忍見) 더 지독한 참상 어찌하겠소

치매 57

엄마 나 왔어요!
눈만 멀뚱멀뚱

엄마 막내딸 몰라요?
돌아온 대답에 환장한다

"찰떡이 와 그리 크노"
엄마가 좋아하던 찰떡으로만 보인다

애지중지 키운 자식들마저
잊어버리는 슬픈 자화상이여

살다 살다 세상에 이리 무서운
치매가 무어라요?

치매 58

매일 운동을 시키기 위해 간병인과 동행하며
걷다 벤치에 앉아서 사람들과 환담을 해도
어떤 경우에도 말실수를 하지 않는단다

딱 한 가지 80세인데 73세라 하는 것은
그 순간에도 젊고 싶었는지
모든 기억이 칠순에 멈췄는지
최고의 순간은 누구에게나 영원히 기억한다

간병인에겐 날도 더운데 집에 가서 씻고 자고 가란다
환자의 고마운 마음에서인지
본인이 운영했던 직업의식인지
선한 마음으로 쉬고 가라 권한 것이겠지만
아니면, 아직도 성의 본능이 살아남은 것일까

치매의 세계는 가 본 사람만 아는데
기억과 본능은 다르게 작동하는지
가본 사람만 아니 우리로선 궁금하다

치매 59

할아버지 가슴에 스탠트 삽입하고
집에 돌아와 보니 적막강산이다

할아버지 병원 가니
자식들이 두 분을 갈라놓았다

퇴원한 할아버지 자식들에 한마디 했는데
'이게, 사람이 살았다 할 수 있냐'며
할머니를 도로 데려왔다

갓 끓인 된장, 오순도순 먹는 행복을
자식들 계산대로 빼앗길 수 없어서

그나마 치매가 아니라
이나마도 주장할 수 있었다고

자식들은 산송장을 기대했었나
재산이 부모보다 소중하더냐

5부

치매 60

어느 날 웅성웅성 한다
회사 운영진에게 찾아와 호소 한다
엄마가 재산을 다 소유하고 있다며
여기 어떤 분과 사귄다며 말려 달라 한다

할아버지 S대학 나온 박사며 재산도 꽤 있는 분이다
몇 년 전 마나님 가시고 혼자 사신다
일주일에 딸이 한 번씩 와서 외출도 하며
골프 비거리가 팔순 넘는 친구들 중에 최고란다

멋쟁이 이분께 연상인 그 할머니와 소문이 자자하다
젊은이들처럼 생일 꽃다발도 오가며 외식도 같이 한다
식당의 부족한 영양을 보충하려 등심 사서
방을 오가며 오손도손 친구하며 지낸다

엄마도 이성의 친구가 필요하며 아직 시들지 않은
청춘이 있다는 걸 모르는 것인지
재산 때문인지
서예가인 그 할머니한테서 배웠다며
서예실에서 한 획 한 획 연습을 한다

박사님 붓글씨로 사랑편지 한번 보내세요

치매 61

인천의 어린 형제 라면 끓이다
당한 화재참변으로
둘은 아직 의식이 없다

자식이 방치해둔 치매할머니
엄마가 방치해둔 철없는 어린 형제
가난과 비극의 시대여

아가야 너희들은
'나 죽으면 그만이다'가 아직
아니지 않느냐?

치매 62

내 이리 오래 살 줄 몰랐소
강건하면 칠팔십이라 성경에도 있지 않소
멋모르고 몇 년 지나면 이제 다 살았다 생각 했소
남들이 부러워하는 실버타워에 들어간 우리들

2년마다 오르는 전세금, 관리비 인상에
그만 두고 옆 연립으로 갔던 사람
이 식당에 와서 식사하고 돌아가는 쓸쓸한 뒷모습
분양받은 이는 팔 수도 없어 모기지로 버티고

그것도 정신 있을 때 일이지요
도적 같이 찾아오는 알츠하이머
거기서 치매라는 친구로 다가오면
요양병동으로나마 옮겨가지만

몇 푼 남지 않은 노인은 요양원으로 나가지요
그래서 죽어도 내 집에서 죽겠다던
우리 할아버지 할머니였던가 봐
내 이리 오래 살 줄 몰랐다오

치매 63

자식은 무섭도록 냉정하다
치매, 어차피 회복이 불가능하니
똑똑한 딸은 길어야 10년이라며
뇌 개선제 약은 빼달란다

부모는 자식위해 목숨도 내놓는데
자식조차도 거추장스러운 처지
어쩔 수 없이 늙어버린 세월이 죄다

치매는 모두 다 잊어버린 것으로 안다
간병인이 뉴스 보다가 퇴근 시간되어 가면
특별히 할 것도 없으니 시간 줄이라 하고

악착같이 아낀 돈 자식에게 주었지만
본인한테 드는 돈은 십원이라도 아끼려고 하니
이래저래 치매가 죄다

치매 64

임금님 귀는 당나귀 귀
낮말은 새가 듣고 밤말은 쥐가 듣는
누군가에게 떠들지 않고는 견딜 수 없던
바짝 마른 경 치매 할머니의 간병인

하루 한 끼만 데이케어에서 먹고 오면
나머지는 다른 것으로 대충 넘기는 할머니
큰아들은 어느 대학 교수며
둘째 아들은 법관이란다

간병인이 과일이 비싸서
끼니도 되는 떡을 주로 사서 드리는데
영수증 보였더니
'왜 떡만 사지요?'

사람들아!
부모들이여!
교육비 많이 들이지 마라 말년에 우리 손가락 빤다
백세 시대 뒤늦은 교훈이다

치매 65
―치매 부모 팔순잔치

팔순이라 아들이 음식점 예약해서
누나들 초대하니 모두 아파서 못 온단다
다음으로 미루기가 마음에 걸린다며
축하 케이크를 준비해서 아들이 촛불을 켠다

부모가 그토록 좋아한 사위다
매형, 누나 전화 안 받는다며 알려도 답이 없단다
자식 중에 공무원이 없기에 관직이라 자랑하며
부모의 체면을 한껏 세워준 사위였으나

딸들에게 재산을 미리주고 난 후의 벌어진
치매 부모 팔순잔치 마당이다
이 꼴 저 꼴 보기 싫어 다들
죽을 때까지 가지고 있으라 하지만
그것도 정신이 멀쩡할 때 말이지요

야들아! 밥 먹자 밥들 먹어!
다들 어디 간겨?

치매 66

옆집에 구순이 넘으신 분이 입주했다
대문에 국가유공자란 팻말이 붙어 있다
인사 차 감주를 들고 갔더니
할머니 한 분이 함께 계신다

알고 보니 5층에 사는 할머니다
할아버지를 육사 대령 출신이고
또 회계사라며 대신 자랑이다

그녀는 복도에 사람들이 있어도
비밀번호를 당당하게 눌러 문을 연다
벤츠 두 대 타면 엘리베이터가 꽉 찬다

누구는 보기 흉하다 하고
또 보기 좋다고도 한다
누구는 본인은 못하니 시샘이라고 한다

할아버지는 '죽을 때 까지 사귀어야지' 하며
시집을 안고 주무신다는 문학도 할아버지
부디 당신의 아름다운 노년을 기원한다
멋진 할아버지 만세!

치매 67

배고파서 라면 끓이다
인천 화재 어린 두 형제의 참변

치매가 걸리면 먹고도 안 먹었다 한다며
치매 부모 불낼까 가스 차단해 둔 댁

어린 형제 방치해 둔 엄마
치매 부모 방치해 둔 자식과 차이점은 뭔가요?

엄마는 죗값이라도 치른다지만
치매 부모 방치해 둔 자식들은 어찌 되나요?

치매 68

왕년에 미스코리아였던 치매환자다
젊었을 때 시어머니가 며느리 밥그릇 보고는
네 밥은 왜 누었니 하더란다

시어머니 눈을 피해
가정부가 밥을 눌러 담아주었다
지금도 생생히 남아있는 슬픈 옛 기억

행여 본인을 두고 갈까 봐
잘 때도 간병인을 침대 안쪽에 재우며
안아주어야 깊이 잠들 수 있다

평생을 사랑만 받아온 화려한 빛의 여인
푸른 날의 기억들은 사라지지 않고
노년에도 나비 같은 기억만으로 살아가는 여인

꺼져가는 기억속에서도 단꿈을 꾸는
분홍 노랑 머플러로 치장하고
달빛 내린 날 하늘하늘 영감님 마중 나가신다

치매 69

자녀, 혈육이라는 특권 하나로
유류분(遺留分) 운운하는 제도보다 기여도에 따라
부모의 유산이 간다는 신문 보도가 반갑다

부산지검 김 부장판사가 대법원에 유권해석을 올렸다더니
비로소, 부모도 표현할 수 있는 자유가 주어졌다
부모는 얼마나 희생을 감내해야만 했었나

낳은 죄가 그리도 컸단 말인가 어차피
아무도 관심 없는 양로원에서 소리 없이 죽어가는 현실이
신생아 출산 감소 이유가 아닐는지

치매 70
−추석

추석 다음 날 오후 고모 전화다
딸들 왔다 갔니, 며느리는 잘하니?
내 딸이 잘해야 사위도 며느리도 잘하지요

그날 밤 딸 전화 온 흔적 6시 22분
그동안 수신 차단해 놓더니
딱 한 번 표시다
열 번이라도 걸면 안 되는지?

부모가 전화도 걸 수 없다는 걸
누구보다 잘 아는 딸

먼저 받은 재산은 이미 자기들 것이고
남동생 몫에 두 딸 10%씩 걸쳐놓고 관리해서
다섯 살 조카 대학 갈 때까지
동생네 생활비 대주겠다는 꼼수 묘안

전화 걸려온 흔적도 고모의 충고였다

치매 71

할머니 자전거 타는 발 바퀴가 느슨한가 봐
H 박사 할아버지 열심히 끼워주고 있다
처음은 무심코 지나쳤는데, 식당에서도 유난히 챙긴다

할머니는 치매 끼가 있다는데, 이성만은 예외인가
서로 생일을 챙겨줄 만큼 다정하다
젊을 때 호칭을 불러주면 생기가 돈다

치매가 왔어도 젊은 날 쌩쌩하던 그 호칭
교수님 의사선생님, 선생님, 정보부장님, 원장님
그래서 모르면 선생님이라 불러준다

평범한 분에겐 아버님, 어머님이라 한다

치매 72

젊을 때 뼈를 깎는 고통으로
동창들 중에서도 상위라며 이만하면 성공했다고
스스로 자부했는데

그간 폼 나게 외제차도 타보고
부(富)를 상징하는 시계도 차보고
늙어서 편하게 살다 가려고 피나는 삶을 살았다

잠들 수 없었던 번뇌와 싸우면서
아무렇지도 않은 듯 담담했다
마지막 여정을 발갛게 불태우는 석양처럼

황홀하게 타오르다 살다 가리라 했건만
병든 말년엔 요양시설로 들려나간다
한정치산자란 이름으로…

치매 73

미국에서 의사로 오래 살다
노부부가 실버타워에 입주했다
처음엔 동창들과 자주 만나고
여기서도 동창들을 찾았다

2년을 살더니 자식들이 올 때 공항이 더 가깝다고
인천으로 이사를 간다
이제는 본인은 태평양을 건널 수 없다며
마음만이라도 비행을 하고프다

부모는 여기가 내 고향
자식들은 그곳이 저희들 고향
부모는 돌아올 조국이라도 있는데
아시아인 돌아가라 저 야단이니

2세 3세는 올 수도 없는 조국 땅
건너지 못하는 이 태평양을 어쩌나
이것도 치매 손님이 오기 전 걱정이지요

치매 74

마트에 과일을 사서 나오려는데
할머니 한 분이 앉아있다

바나나를 하나 드렸다
사람들을 만나도 별 반응이 없다

혹시, 그 손님이 오셨나 했는데

며칠 후 농협에 갔더니
만기 연장하는 대열에 앉아있다

졸리는 듯 눈감고 있다고
함부로 단정 짓지 말라

아직 내재해 있는 맑은 정신과
다 시들어 버리지 않은 청춘도 살아있다

치매 75

간병인이
'서울시장 누가 될 것 같으냐' 하니
'나는 누가 나오는지 잘 모른다'

그래서 '정확한 대답을 할 수 없다'고 한다
대개 사람들은 왜 치매환자는
다 모른다고 치부해버릴까?

너는 다 아니?

치매 76
−어버이날

코로나로 손 한번 잡아 보지 못하고
유리창에 카네이션 붙여두고
눈짓, 손짓 안부를 묻는 애타는 광경도 있고
길거리 카네이션만 사갖고 빈손으로 왔다가는
건물 상속 받은 딸들이 있는가 하면

일자리 없어 못 오는 자식은
발품 팔아 아낀 돈으로
어버이 찾아 효 다하는 자식들도 있고
요즘 세상이 요지경이라 하지만
씁쓸한 어버이날 풍경

치매 77

'왜? 우리아들은 나에게 5만 원만 주는 거야'
수족이 불편하다고
감정도 메말라 버린 줄 아는가

휠체어 앉아서 담소를 나눌 때
살뜰히 챙겨주는 간병인에게
아이스크림이라도 사서 나누고 싶고
내 잔자리 너희들이 언제 한번
치워 본 적 있느냐

힘들게 모은 재산
수고한 이들에게 모두 나누고 가고 싶다

6부

이래도 치매라 할 수 있나?

1.
수프와 빵 고구마 식사라 젓가락 필요 없어 놓지 않았다하니
필요하고 안하고는 나다, 필요 없는 건 그쪽이고–

2.
간식으로 모닝빵에 사라다 넣어 먹다 많아서
간병인에게 주려고 해서 '방귀 뀌어서 안 먹는다' 하니
양념까지 얹어주는데 왜 안 먹느냐고.

3.
운동 가자고 하면 5분만 10분만 하다
한두 시간 걸려 지쳤다고 하면,
나를 돌보는 사람은 당연한 거란다.

4.
간병인이 무심코 화장실 문을 열고는 민망하여
'엉덩이 안 봤다' 하니 '안 보려면 왜 들어와' 한다

5.
TV에서 코로나 환자가 600명에 이른다 하니
간병인더러 '당신이 조심해야' 된다.
'코로나 걸려 나한테 옮기면 안 된다'
그래서 '마스크 2장 쓴다' 하니
'그런 정신만 가지고 있으면 된다'고 한다.

6.
간병인이 운동하러가자 조르다 어르다
'배가 남산만 하다' 하니 '임신 9개월이다'
배를 두드리며 '아가야 가자' 하며 일어선다.

7.
저녁 무렵 TV에서 차 마시는 장면이 나오니 커피 한잔 달
라 한다.
지금 마시면 잠 못 잔다 하니, 이 시간부터 커피 안 마시면
'커피숍은 어떻게 하나' 한다.

8.
수술을 위한 준비 과정에서
12월 첫날 CT 촬영 때문에 본인은 금식이다.
간병인더러 '밥 먹어라' 해서 '괜찮으냐' 물으니
'당연한 걸 묻는다' 한다.

9.
MRA 검사 위해 손에 주사 조치를 해놓았다.
간병인이 살짝 스치니 '일부러 그랬지?'
아니라 하니 '그래야 웃지' 한다.

10.
치매환자가 방귀를 뀌었는데
간병인이 냄새난다고도 안 하니, 괜히 뀌었네
다음부턴 안 뀐다고 한다.

11.
물혹 세포를 떼 낸 검사 결과가
12월 9일 나온다 하였던 걸 기억하며 당일
병원에 결과 보러가야지 하더란다.
어느 쪽을 믿어야 되나.

12.
퇴원 후 이틀 동안 똥을 계속 눈다.
이불에도, 요강에도 굵은 똥을 누었다.
입원 후 여태 쌓인 똥이 다 나왔다.
'이래야 산다 하니까'
'죽으려고 환장했다 하더니 이제 듣기 좋은 말을 한'단다.
주사바늘을 빼서 피가 철철 흘러내려
엠블런스 타고 응급실 갈 때
'죽으려고 환장했나' 했던 말을 기억하는 이 사람
치매환자 맞을까?

13.
퇴원해서 며칠 후 응급실까지 실려 갔다 온 환자가
롤렉스시계를 찾는다.
딸이 가져가려고도, 아들도 유품이라 했던 시계다.
'중고로 팔면 백만 원 정도밖에 못 받을 거'라는
평정을 위한 이 재치. 치매환자 맞아요?

14.
간병인이 본인 밥을 먼저 퍼서 미안해서
내가 제일 어른이다 하니, 그러면
'난 제일 어린 아이다' 한다.

15.
이쑤시개로 쑤시고 양치 안 하려고 하느냐 하면
장사 안 되겠구먼 한다.

16.
간병인이 커피 한잔 하고 운동 가자 권면하면서
오늘 날씨가 안 좋아 장사 안 된다 하니,
돈 받고 먹어줄게 한다.

17.
밥 먹는데 방귀를 뀌어서
'제발 그러지 말라' 하면 엉덩이 노래로
즐겁게 해주는데 뭘 그래 한다.

18.
우리보다 사고 능력이 뛰어나
이제 '화장실 가는 것만 알면 된다' 하니
'내가 바보라는 말이네' 한다.

19.
손자와 통화하면서 가겠다고 한다.
그쪽에서 말리니, 네가 와도 좋고
내가 가도 된단다.

20.
아들이 힘들게 여기까지 사업을 잘 이끌어 왔다 하니
처음 시작할 때 나의 도움이 없었다고는
말할 수 없겠지 한다.

21.
식사하러 나오라 해도 화장실에서 안 나와
손자더러 가보라 하니,
너 아니면 안 통한다 한다.

22.
무모한 도전이라 했더니
무한 도전이냐 한다. 어휘 하나까지 구별할 줄 아는데
어찌해서 다른 건 모르는 척 하는 것인지

23.
식사 기도가 끝나고 아무 말도 없으니
내가 기도는 다 할 수 있는데
당신들은 감사히 먹겠습니다만 하면 된단다.

24.
굴, 무 밥 해먹자 하니 본인은 통풍 때문에 못 먹으니
두 분에게 돌아가는 몫이 많겠다고 한다.
이 계산엔 어느 부분이 문제인가.

25.
환자가 '강원도에 눈이 1미터 가까이 왔니' 하고 묻는다.
신기해서 어떻게 알았냐고 물으니 뉴스에서 들었다 한다.
우리도 날짜를 기억하면 요일은 기억 못하는 때가 많다.
잊어버린 게 더 많다고 해서
치매환자라 단정해 버릴 수가 있는지!

실버타운의 그늘

이희숙 지음

발 행 처 · 도서출판 **청어**
발 행 인 · 이영철
영　 업 · 이동호
홍　 보 · 천성래
기　 획 · 남기환
편　 집 · 방세화
디 자 인 · 이수빈 | 김영은
제작이사 · 공병한
인　 쇄 · 두리터

등　 록 · 1999년 5월 3일
(제321-3210002510019990000063호)

1판 1쇄 발행 · 2021년 9월 10일

주소 · 서울특별시 서초구 남부순환로 364길 8-15 동일빌딩 2층
대표전화 · 02-586-0477
팩시밀리 · 0303-0942-0478

홈페이지 · www.chungeobook.com
E-mail · ppi20@hanmail.net
ISBN · 979-11-5860-974-0(03810)

이 시집은 용인시의 창작지원금을 지원 받아 발간되었습니다.